獻給歐利
感謝我的編輯愛蜜莉・福特
以及我的美編羅娜・史科比

瑪塔・艾德絲出身巴塞隆納，是備受獎項肯定的童書作家與插畫家，
移居到英國學習插畫之後，已經創作了八本圖畫書。她曾榮獲美
國以薩・傑克・濟慈獎的新秀插畫家獎、英國再讀一次獎，並
曾入圍三次英國凱特・格林威獎。瑪塔和一隻名叫山姆的小
狗住在倫敦，她在西班牙還有一隻名叫毛毛的長毛大狗，
看起來幾乎就和故事中的狗一模一樣。

♥IREAD
找到一個家

文　　圖	瑪塔・艾德絲
譯　　者	海狗房東
責任編輯	郭心蘭
美術編輯	江佳炘

發 行 人	劉振強
出 版 者	三民書局股份有限公司
地　　址	臺北市復興北路 386 號 (復北門市)
	臺北市重慶南路一段 61 號 (重南門市)
電　　話	(02)25006600
網　　址	三民網路書店 https://www.sanmin.com.tw

出版日期	初版一刷 2020 年 12 月
書籍編號	S811701
I S B N	978-957-14-6927-0

New In Town
Text and Illustrations Copyright © Marta Altés, 2020
First published in 2020 by Macmillan Children's Books, an imprint of
Pan Macmillan
Traditional Chinese translation rights © 2020 San Min Book Co., Ltd.
ALL RIGHTS RESERVED

找到一個家

瑪塔‧艾德絲／文圖　　海狗房東／譯

三民書局

經過漫長的旅途，
我來到一座非常大的城市。

所有的事物都讓人感到愉快又興奮！
我敢說我的新家，一定就在這裡的
某個地方，等著我去找它。

一開始，我先請教當地人。

他們看起來非常樂意幫忙！

雖然有時候我還是搞不懂他們指的方向。

沒多久，
我已經到過許多地方。

但是沒有一個地方感覺像是
我的家，我還沒找到它。

但我最愛的還是這裡的人們，雖然我不得不說，他們有時候真的好奇怪。我們的習慣實在很不一樣。

不ㄅㄨˋ過ㄍㄨㄛˋ我ㄨㄛˇ一ㄧˋ直ㄓˊ都ㄉㄡ覺ㄐㄩㄝˊ得ㄉㄜˊ他ㄊㄚ們ㄇㄣ˙很ㄏㄣˇ有ㄧㄡˇ趣ㄑㄩˋ。

身邊有這麼多人，我很確定
有人會願意幫助我。

可是，要找到一個新家，
比我想像的更難。

人們忽然變得很忙……

我終於明白，
人們其實聽不懂我在說什麼，

或者，他們的眼中根本沒有我。

我覺得自己有一點像是看不見的空氣，
而且很孤單。

直到發生了一件事……

這個小女孩迷路了，她想要回家。

所以我決定幫助她。

我們找啊、找啊。

慢慢的，我開始覺得
沒那麼孤單。

慢慢的，她也開始覺得
這裡沒那麼陌生。

終於，她找到她的家人了！

她很開心可以回家，
我也很開心自己幫得上忙。

我該離開去找自己的家了，
於是，我跟她們說再見。

可是她們不希望我走！
當時，我還不知道
原來我已經找到
我的家了。

現在，我已經在這裡住了一段時間，
我們的習慣還是很不一樣。

不過，每一天我都有新的體驗……

她們也是。

我們很喜歡這樣！

這個讓人感到
愉快又興奮的城市，
現在就像是我的城市。

應該說，是我們的城市。
這裡是所有人的家！